VILLE D'ARRAS (Pas-de-Calais)

VENTE AUX ENCHÈRES PUBLIQUES

DES

COLLECTIONS de Feu M. Alexandre FINET

COMPRENANT

FAIENCES ET PORCELAINES ANCIENNES

OBJETS DIVERS

TABLEAUX ANCIENS ET MODERNES

BEAUX MEUBLES SCULPTÉS et autres de diverses époques

LIVRES ANCIENS

RELIÉS EN MAROQUIN ROUGE ET VEAU, ORNÉS D'ARMOIRIES

TAPISSERIES ANCIENNES

TRÈS BEAUX ET IMPORTANTS VASES en Terre cuite et Faïence ancienne

Dont la vente aura lieu

A ARRAS, Hôtel des Ventes, rue des Trois-Faucilles, n° 20,

Le lundi 1er mai 1893 et jours suivants, à deux heures précises.

Mes ADVIELLE et HENRY
Commissaires-Priseurs
à Arras,
rue des Trois-Faucilles, 20.

Me GANDOUIN
Expert
31, rue des Saints-Pères, à Paris,
et Hôtel de l'Univers, à Arras.

CHEZ LESQUELS SE DISTRIBUE LE CATALOGUE

EXPOSITION PUBLIQUE

Le Dimanche 30 *avril* 1893, *au domicile de M. Finet, rue de la Taillerie, n°* 12, *de* 1 *heure à* 6 *heures.*

Les adjudicataires payeront 10 pour 100 applicables aux frais.

ORDRE DES VACATIONS

Le lundi 1er mai........................ FAIENCES, OBJETS DIVERS.
Le mardi 2 mai........................ TABLEAUX.
Le mercredi 3 mai........................ LIVRES.
Le jeudi 4 mai........................ MEUBLES, TAPISSERIES.

Nota. — La vacation du jeudi 4 mai, comprenant les Meubles et Tapisseries, se fera au domicile de M. Finet, rue de la Taillerie, n° 12.

Paris. — May & Motteroz, Lib.-Imp. réunies
7, rue Saint-Benoît.

VILLE D'ARRAS (Pas-de-Calais)

VENTE AUX ENCHÈRES PUBLIQUES

DES

COLLECTIONS de Feu M. Alexandre FINET

COMPRENANT

FAIENCES ET PORCELAINES ANCIENNES

OBJETS DIVERS

TABLEAUX ANCIENS ET MODERNES

BEAUX MEUBLES SCULPTÉS et autres de diverses époques

LIVRES ANCIENS

RELIÉS EN MAROQUIN ROUGE ET VEAU, ORNÉS D'ARMOIRIES

TAPISSERIES ANCIENNES

TRÈS BEAUX ET IMPORTANTS VASES en Terre cuite et Faïence ancienne

Dont la vente aura lieu

A ARRAS, hôtel des Ventes, rue des Trois-Faucilles, n° 20,

Le lundi 1er mai 1893 et jours suivants, à deux heures précises.

Mes ADVIELLE et HENRY
Commissaires-Priseurs
à Arras,
rue des Trois-Faucilles, 20.

Me GANDOUIN
Expert
31, rue des Saints-Pères, à Paris,
et Hôtel de l'Univers, à Arras.

CHEZ LESQUELS SE DISTRIBUE LE CATALOGUE

EXPOSITION PUBLIQUE

Le Dimanche 30 avril 1893, au domicile de M. Finet, rue de la Taillerie, n° 12, de 1 heure à 6 heures.

Les adjudicataires payeront 10 pour 100 applicables aux frais.

ORDRE DES VACATIONS

Le lundi 1er mai .... Faïences, Objets divers.
Le mardi 2 mai .... Tableaux.
Le mercredi 3 mai .... Livres.
Le jeudi 4 mai .... Meubles, Tapisseries.

Nota. — La vacation du jeudi 4 mai, comprenant les Meubles et Tapisseries, se fera au domicile de M. Finet, rue de la Taillerie, n° 12.

CONDITIONS DE LA VENTE

Elle aura lieu au comptant.

Les acquéreurs payeront 10 0/0 en sus du prix de l'adjudication, applicables aux frais.

L'expert chargé de la vente se réserve la faculté de réunir ou diviser les lots. — Il recevra les commissions des personnes qui ne pourraient y assister.

L'ordre numérique ne sera suivi à aucune vacation.

En cas de contestations sur une enchère, l'objet sera remis immédiatement en vente.

Les tares et défauts des objets étant annoncés lors de la mise en vente, il ne sera admis aucune réclamation après l'adjudication.

LE CATALOGUE SE DISTRIBUE :

A Amiens,	chez	M. Duatelle, commissaire-priseur.
Arras,	—	M. Cossiau, antiquaire.
Cambrai,	—	M. Guilmain, antiquaire.
Douai,	—	MM. les commissaires-priseurs.
Rouen,	—	M. Gouy, antiquaire, rue Beauvoisine.
Versailles,	—	M. Leroy, antiquaire, 8, place Hoche.
Bruxelles,	—	M. Cools, antiquaire.
Lille,	—	M. Carlier, 7, rue Esquermoise.

DÉSIGNATION

FAIENCES ET PORCELAINES DIVERSES

1. — **Delft ancien**; plaque de forme contournée avec cadre en relief décor bleu, *concert d'après Watteau*.

2. — **Delft ancien**; plaque, forme contournée, cadre en relief, décor bleu, *Vénus et Amours*.

3. — **Delft ancien**; autre de forme et décor analogues, enfants chinois.

4. — **Delft ancien**; paire de bouteilles côtelées, décor bleu ; bouquets de fleurs dans des réserves, réparées à l'orifice.

5. — **Delft ancien**; bouteille, décor bleu, fleurs et oiseaux, réparée à l'orifice.

6. — **Delft ancien**; bouteille, décor bleu, fleurs et oiseaux, dans des réserves, fracture au sommet.

7. — **Delft ancien**; poliche, décor bleu, fleurs et oiseaux.

8. — **Delft ancien**; bouteille, décor bleu, oiseaux et fleurs, goût chinois.

9. — **Delft ancien**; plaque carrée, décor bleu, le calvaire.

10. — **Delft**; grande plaque ovale, décor bleu, paysage; fracturée.

10 *bis*. **Delft ancien**; tableau composé de carreaux peints au manganèse représentant le bon Samaritain.

11. — **Delft ancien**; plat rond, décor bleu à lobes alternés de fleurs et sujets chinois.

12. — **Delft ancien**; pichet, décor bleu fleurs, manque d'émail à l'anse.

13. — **Delft ancien**; potiche à décor bleu, alterné fleurs, oiseaux et amours.

14. — **Delft ancien**; deux cornets à reliefs décor bleu, paysage et personnages.

15. — **Delft ancien**; cornet rond côtelé, décor bleu, fleurs et oiseaux; fractures à l'orifice.

16. — **Delft ancien**; potiche, décor bleu, fleurs, insectes et oiseaux.

17. — **Delft**; grand cornet côtelé, décor bleu dit de cachemire.

18. — **Moustiers** (École de); plat ovale, décor polychrome dans le goût d'Oléry, au centre triomphe d'Amphitrite.

19. — **Rouen** (École de); banette ovale à anses surélevées, décor polychrome, pagodes et personnages chinois.

20. — **Rouen** (genre de) ; sucrier à saupoudrer, décor bleu à lambrequins.

21. — **Rouen** (genre de) ; banette rectangulaire, décor bleu rouille et jaune d'ocre niellé de noir ; au fond Flore et amours.

22. — **Rouen** (genre de) ; banette rectangulaire, décor bleu et rouille ; style rayonnant.

23. — **Rouen** (genre de) ; petite potiche couverte, décor bleu à lambrequins.

24. — **Delft ancien** ; paire de bouteilles, décor bleu ; une réparée au col.

25. — **Rouen ancien** ; décor polychrome dit à la corne.

26. — **Rouen** (genre de) ; grande fontaine couverte et sa vasque, très beau décor polychrome ; fleurs et arabesques.

27. — **Rouen** (genre de) ; vasque de fontaine, décor polychrome.

28. — **Sicile** (vieux) ; cornet à anses verticales orné des armoiries polychromes des Médicis.

29. — **Faenza ancien** ; plaque à reliefs, décor polychrome, chérubins et vierge portant l'enfant Jésus.

30. — **Abruzzes ancien** ; deux cornets de pharmacie, décor polychrome.

31. — **Rouen** (genre de) ; grande fontaine couverte, avec vasque, décor bleu.

32. — **Nevers** (genre de) ; aiguière, décor marbré bleu et manganèse ; anse réparée.

33. — **Nevers** (genre de) ; petite aiguière, décor bleu.

34. — **Nevers** (genre de); paire de potiches, décor bleu et manganèse, décor personnages chinois.

35. — **Nevers** (genre de) ; deux bustes surmontés de chérubins, sainte Barbe et sainte Ursule.

35 *bis*. — **Hispano-mauresque** ; plat rond à reflets mordorés et imbrications bleues, époque du xve siècle ; fracturé.

36. — **Saint-Amand ancien** ; paire de vases, cache-pots à reliefs rocaille, décor polychrome ; fêlure.

37. — **Moustiers ancien** ; plat ovale, décor polychrome, au centre belle armoirie, réparé, et plat rond, même décor.

38. — **Nevers** (genre de) ; aiguière, décor bleu manganèse, personnages chinois.

39. — **Chine ancien** ; jolie potiche, décor bleu à réserves torses ; belle qualité.

40. — **Saint-Amand ancien** ; sucrier couvert, plateau et sa cuillère, décor polychrome ; personnages.

41. — **Chine** (imitation); paire de potiches, décor bleu.

42. — **Lille ancien** ; broc à bière, décor bleu ; personnage chinois fumant.

43. — **Sicile ancien** ; deux vases de pharmacie, décor bleu.

44. — **Chine ancien** ; grosse potiche couverte, décor bleu, paysage. Époque des Ming.

45. — **Chine ancien** ; autre à réserves ornées d'arbustes. Même époque ; fêlée.

46. — **Saint-Omer ancien**; fontaine couverte, forme balustre à pans, décor bleu, fleurs, insectes, oiseaux.

47. — **Nevers**; deux bustes d'impératrices romaines, décor polychrome.

48. — **Abbruzzes**; deux cornets, décor bleu.

49. — **Delft ancien**; cheval caparaçonné; fracturé.

50. — **Nevers** (genre de); grand vase cache-pot, anses torsées, décor bleu et manganèse chinois.

51. — **Abbruzzes ancien**; petit vase de pharmacie, décor polychrome.

52. — **Strasbourg ancien**; cache-pot, décor polychrome, fleurs, signé I. H. 1772.

53. — **Douai ancien**; gargoulette marbrée.

54. — **Rouen ancien**; plaque à reliefs ; *Jésus prêchant*, décor polychrome; fracture au fronton.

55. — **Abbruzzes ancien**; trois cornets, décor polychrome, et un vase décor bleu.

56. — **Faenza ancien**; vase de pharmacie, décor bleu.

57. — **Faenza ancien**; deux coupes drageoirs, décor bleu, colombe au centre.

58. — **Rouen** (genre de); paire de cache-pots octogones, côtelés, décor bleu à lambrequins.

59. — **Saxe ancien**; petite cafetière droite, décorée de roses et myosotis; anse réparée.

60. — **Sèvres 1846**; deux écuelles au chiffre de Louis-Philippe, et encrier chiffré bleu.

61. — **Sèvres pâte dure 1760**; petit pot à lait, décor or; pied réparé.

62 — **Saxe ancien**; petite théière couverte, décor polychrome, fleurs.

63. — **Rouen ancien**; fontaine octogone, décor bleu à lambrequins; réparée.

64. — **Saint-Omer ancien**; pot à eau, émail bleu avec bouquets blancs et jaunes.

65. — **Saint-Omer ancien**; petit cache-pot bleu avec imbrications blanches et jaunes.

66. — **Saint-Omer ancien**; grande fontaine à accrocher, avec sa vasque, décor bleu, fleurs, œillets, oiseaux dans le goût de Rouen.

67. — **Aprey ancien**; soucoupe, décor oiseaux, théière et sucrier sans couvercle.

68. — **Marseille ancien**; pot à eau côtelé, décor polychrome, fleurs.

69. — **Picardie, Rouen et Sceaux**; pot, salière et sucrier.

70. — **Inde ancien**; assiette décor rouge et or sur le marli; au centre, double armoirie polychrome.

71. — **Inde ancien**; deux assiettes décor bleu et or, chiffre sur le marli.

72. — **Chine ancien**; plat bleu et deux assiettes polychromes fracturées.

73. — **Rouen ancien**; paires de jardinières demi-lune côtelées, décor rayonnant bleu.

74. — **Chine ancien**; paire de poissons hissant des eaux et sur lesquels est un enfant à califourchon, décor polychrome; un réparé.

75. — **Rouen ancien**; vasque de fontaine, décor polychrome, fracturée au socle.

76. — **Rouen ancien**; fontaine et sa vasque, décor bleu; réparée.

77. — **Rouen**; vasque de fontaine, décor polychrome.

78. — **Rubelles**; sept assiettes, émail vert, paysages et marines.

79. — **Nevers ancien**; paire de très beaux et grands vases couverts, forme Médicis ornés en relief de masque, guirlandes de fleurs, le couvercle richement orné.

Hauteur : $0^{m},95$.

80. — **Lunéville ancien**; deux lions couchés.

TERRES CUITES ANCIENNES

81. — **Duquesnoy**, dit François Flamand;

La Vierge.

L'Archange Saint-Michel.

Deux remarquables terres cuites provenant d'un retable où elles figuraient l'Annonciation, très bel état de conservation.

Hauteur : $0^{m},56$.

82. — **Époque Louis XVI**; paire de vases couverts ornés de guirlandes, de feuillages et d'une grecque.

Hauteur : 1m,30.

83. — **Époque Louis XVI**; vase très richement orné de gaudrons et de pampres.

Hauteur : 1m,30.

84. — Vingt-deux bustes de personnages célèbres. Portraits du siècle de Louis XIV.

Ce numéro sera divisé.

85. — **École moderne**; *la Merveilleuse.*

L'Incroyable.

Deux statuettes féminines formant pendants.

86. — **Dix pièces Grès anciens** de la Meuse et des Flandres, avec émaux de couleurs ; plusieurs réparés.

87. — **Plâtre**, par Bougron ; *Fénelon*, statuette dont la statue originale orne Cambrai.

88. — Sous ce n°, Deux gaines carrées peintes marbre, dont une avec plaque, en faïence moderne.

Deux gaines en velours peluche et satin de laine brodé, style Renaissance.

Quatre gaines carrées peintes en gris.

88 *bis*. — **École flamande**, XVIIIe siècle ; *Saint Augustin*, statuette, terre cuite, avec socle en bois doré.

OBJETS DIVERS

89. — **Style Louis XIV**; petite pendule religieuse en marqueterie, de cuivre et d'écaille, genre Boulle.

90. — **Époque Louis XV**; paire d'appliques à trois lumières; en bronze doré.

91. — **Plateau laqué**; décor polychrome, fleurs.

92. — **Deux plateaux** en cuivre repoussé, *Henry IV;* travail anversois, et médaillon en bronze; *Louis-Philippe*, par Depaulis.

93. — **Époque Louis XV**; paire de flambeaux, bronze argenté.

94. — **Époque Louis XV**; paire de flambeaux.

95. — **Époque Louis XVI**; grande cafetière argentée.

96. — **Époque Louis XVI**; autre de même époque.

97. — **Époque Louis XVI**; autre de même époque.

98. — **Époque Louis XVI**; deux plateaux en plaqué.

99. — **Époque Louis XIV**; deux appliques à trois lumières, bronze doré, ornées de cristaux.

100. — **Deux plaques** rondes, cuivre repoussé; *Catherine d'Aragon*, *Henri IV*, travail anversois.

101. — **Coupe** vide-poche porcelaine de Saxe; sujet Watteau; monture en cuivre doré.

102. — **Émail ancien**, de Limoges; armoiries chargées de trois cloches d'argent sur fond d'azur; réparé.

103. — **Argent filigrané**, époque Louis XIII; reliquaire orné d'une gouache représentant saint Paul sur le chemin de Damas.

104. — Lot composé d'une plaque cuivre doré, orné de verres de couleurs; cinq bronzes de cadres Louis XIII; trois fermoirs de livre, boîte en buis; deux petits cadres en bois sculpté.

105. — **Ivoire**; portrait de Voltaire vu de profil.

106. — Sous ce numéro, Deux couteaux époque Louis XIV, diverses clefs anciennes en fer forgé ouvrées et divers bronzes pour meubles, environ vingt pièces.

107. — **Cuivre repoussé**, époque Louis XIV; porte-allumettes aux armes de Cambrai.

108. — **Époque Louis XVI**; *Henri IV*, *Sully*, deux médaillons ronds en bronze.

109. — **Fer repoussé**, travail du XVIIIe siècle; double armoirie peinte et dorée.

110. — Sous ce numéro, divers objets ornés.

TABLEAUX

111. — **Dulin**; *l'Annonciation*, très joli tableau d'une belle tonalité et qualité; reproduit en gravure par Audran; œuvre très rare de ce maître; sur toile.

112. — **Tiépolo** (J.-B.); *Vision de saint François;* joli tableau d'une tonalité argentine; sur toile, cadre en bois sculpté.

113. — **Wamps**; *Repas de chasse*, — signé, — sur toile; fort joli tableau de ce peintre lillois, sur lequel nous manquons de renseignements; le musée de Lille possède une de ses œuvres.

114. — **Lallemand**; *Relais de chasse*, sur toile, cadre en bois sculpté.

115. — **Chardin** (J.-B.-S.); pêches et figues posées sur un tapis; joli tableau de ce maître; sur toile.

116. — **Miereveldt** (École de); portrait de femme. Elle est représentée debout, revêtue de riches atours, la main droite appuyée sur un cabinet orné de peintures; en haut, à gauche, ses armoiries; sur toile.

117. — **Bertrand** (James); *le Jour du pardon, à Rome*, très joli tableau de cet artiste, récemment décédé. Ce tableau a figuré à une des expositions des amis des arts d'Arras.

118. — **École moderne**; portrait de jeune homme; sur toile.

119. — **Lothon** 1838; portrait de femme; très joli pastel; signé, daté.

120. — **Dutilleux**; manoir en ruines; sur bois.

121. — **Forest** (Jean); paysage; sur toile.

122. — **Toursel** (A.); femme et enfant dans un cellier.

123. — **Versilli** (Paolo); *Latone et Junon*, deux frises peintes sur cuivre.

124. — **Breughel** (Abraham); guirlande de fleurs; au centre, la Vierge tenant l'Enfant; cadre en bois sculpté.

125. — **Netscher** (attribué à G.); portrait d'homme; sur toile.

126. — **Toursel** (A.); danse champêtre au bord d'un cours d'eau; aquarelle.

127. — **Hubert**; paysage.

128. — **Cuyp** (genre de A.); retour de chasse; bois.

129. — **Cook** (César de); cours d'eau sous bois; toile.

130. — **Pater** (Genre de); *le Baiser rendu*, composition gravée.

131. — **Hubert**; paysage.

132. — **Noel** (Jules); ferme en Normandie, joli dessin aux crayons de couleur.

133. — **Desavary**; ferme aux environs de Saint-Omer.

134. — **Peeters** (Bonaventure); marine, effet d'orage; bois.

135. — **Toursel** (A.); *Mort de Roland;* toile.

136. — **École française**; *Sainte Madeleine*, toile; cadre en bois sculpté.

137. — **Toursel** (A.); paysage au crépuscule.

138. — **Lamperière**; nature morte.

139. — **Guimataès**; portrait de femme; très jolie miniature sur ivoire, signée et datée, 1865.

140. — **Wouvermans** (Genre de P.); cavalier; bois.

141. — **Verkolije**; *le Toucher;* toile.

142. — **Geft** (C. Van); *Retour du marché*, effet de neige; toile.

143. — **Hubert**; paysage.

144. — **Franck** (Amboise); *la Présentation au temple*, cuivre; cadre bois sculpté.

145. — **Honthorst** (G.); *Joseph et Putiphar*, cuivre; cadre bois sculpté.

146. — **Cranach** (Lucas); portrait de Rabelais.

147. — **Francia** (J. 1832); plage à marée basse; aquarelle.

148. — **Drujon**; pâturage en Normandie; toile.

149. — **Dermont**; paysages; deux pendants peints sur toile.

150. — **Dermont**; deux autres plus petits; toile.

151. — **Huet** (d'après J.-B.); *l'Agneau chéri*, toile; dessus de porte.

152. — **Lancret** (d'après N.); *l'Automne*, dessus de porte.

153. — **Desavary**, *Plaine de Sainte-Catherine;* toile.

154. — **Lebrun** (d'après Ch.); Louis XIV en buste; toile.

155. — **École française**; *Vénus et Adonis*, toile; cadre bois sculpté armorié.

156. — **Gysbrecht** (A.); trompe-l'œil; toile, tableau fort curieux et intéressant, signé et daté 1665.

157. — **Toursel** (A.); promenade sur l'eau; toile.

158. — **Schelfout**; paysage; bois, joli tableau d'une exécution fine et précieuse, signé.

159. — **Maas** (Nicolas); portrait d'homme, toile.

160. — **École française**; portrait du duc de Bourgogne.

161. — **Daverdoing**; *Jésus enseignant*, toile, signé et daté 1847.

162. — **Largillière** (École de); portrait de femme, toile, cadre bois sculpté.

163. — **Baptiste** (École de); corbeille de fleurs, toile.

164. — **Doncre** (d'Arras); chasseur au repos, toile, signé et daté 1750.

165. — **Dutilleux**; chasse au marais, toile, signé.

166. — **Flers** (Genre de); paysage, toile, daté 1844.

167. — **Leboucher**; Écossais en embuscade, aquarelle, signé et daté 1823.

168. — **Delangre**; bords de rivière, toile, signé, et daté 1854.

169. — **Lancret** (École de); *le Galant berger*, panneau décoratif.

170. — **Ferdinand**; portrait du duc de Penthièvre, toile.

171. — **Carrache** (Genre de); *Saint Sébastien*.

172. — **Mignard** (D'après); *la Vierge et l'Enfant*, toile, cadre en bois sculpté.

173. — **Poel** (E. Van der); *Incendie de Troie*, bois.

174. — **École flamande** (XVIIe siècle); portrait funéraire du *B. P. Idesbaldi, tertii Abbatis Dunensis.*

175. — **Sauvage** (Lemire dit) ; *les Quatre saisons;* toile.
Quatre jolis dessus de porte de petite dimension et d'une belle qualité.

176-177. — **Baptiste Monnoyer**; bouquets de fleurs, toile.
Deux jolis tableaux formant pendants.

178. — **Cortès**; vaches au pâturage, toile, signé.

179. — **Toursel** (A.); paysage, bois, signé.

180. — **De Savary**; paysage, effet de neige, toile, signé.

181. — **Hubert**; paysage.

182. — **Geft** (Van); canal glacé et patineurs, toile.

183. — **École moderne**; bouquet de fleurs, toile.

184. — Sous ce numéro :

Cadres en bois sculptés dorés.
Cadres dorés.
Gravures anciennes encadrées et en feuilles.

MEUBLES

185. — **Époque Louis XVI**; jolie petite console, forme demi-lune, bois sculpté doré.

186. — **Chêne sculpté**; très joli meuble crédence, les panneaux anciens, ainsi que le piètement; réparé.

187\. — **Époque Louis XII**; très jolie crédence, ornée de beaux panneaux sculptés chargés de têtes et fruits en haut-relief.

188\. — **Époque Louis XV**; deux petites glaces appliquées, bois sculpté doré.

189\. — **Époque Louis XV**; glace d'entre-deux, cadre en bois sculpté doré et peint.

190\. — **Époque Louis XV**; console, bois sculpté, les ornements dorés.

191\. — **Époque Louis XVI**; paire de petites consoles à accrocher, bois sculpté doré, ornées de guirlandes de fleurs.

192\. — **Bronze**; patine, médaille; paire de très jolies coupes au pied desquelles des amours, très belle ciselure et patine.

193\. — **Bronze**; patine, médaille; paire de lampes, les vases ornés de figures, d'après Clodion, très belle ciselure et patine.

194\. — **Époque Louis XV**; suspension à fleurs en bois sculpté doré.

195\. — **Époque Louis XV**; très jolie console en bois sculpté doré.

196\. — **Époque Louis XV**; grand cartel en bois sculpté doré, mouvement signé Jean Prévost, à Paris.

197\. — **Style Louis XIII**; glace, cadre orné de cuivre repoussé.

198. — **Chêne sculpté**; grand meuble flamand, la partie supérieure en retraite, les portes ornées d'entrelacs et d'oiseaux, époque Louis XIII.

Hauteur : 1m,80.

199. — **Chêne sculpté**; meuble flamand dit bahut, les portes avec incrustations d'ébène, les volutes ornées de mufles de lion; époque Louis XIII.

Hauteur : 1m,50.

200. — **Époque Louis XVI**; six chaises légères peintes noires, filets dorés.

201. — **Époque Louis XV**; très grand et beau meuble en chêne à deux corps, la partie supérieure ornée de belles portes sculptées à jour, la partie inférieure à portes pleines et tiroirs sculptés.

Hauteur : 2m,95.

202. — **Époque Louis XIII**; beau meuble surmonté d'un fronton chêne sculpté et mouluré, les quatre portes ornées de dessins niellés dorés; au milieu du fronton une statuette en bronze doré représentant Mercure.

Hauteur : 2m,50.

203. — **Chêne sculpté**; grande table style Louis XIII, la ceinture et le piètement sculptés.

Longueur : 2m,05; largeur : 1m,28.

204. — **Chêne sculpté**; autre table de mêmes style et exécution.

Longueur : 1m,90; largeur : 1m,25.

205. — **Chêne sculpté**; paire de petites consoles à accrocher, style Louis XIV.

206. — **Petit paravent**; style Louis XV en satin de laine brodé de soies de couleur.

207. — **Époque Louis XIV** ; paire de chenets en bronze, modèle à vases, avec leurs fers.

208. — **Époque Louis XIV** ; plaque de fonte aux armes de France surmontées d'un soleil.

209. — **Chêne sculpté** ; six panneaux ornés d'une figure style du XVIe siècle.

210. — **Chêne sculpté** ; cadre de glace, époque Louis XVI.

211. — **Époque Louis XVI** ; glace avec cadre en bois sculpté doré.

212. — **Époque Louis XIV** ; horloge hollandaise à accrocher, ornée de frontons et statuettes en plomb doré, avec ses poids.

213. — **Époque Louis XIV** ; grand mouvement carré pour horloge.

214. — **Époque Louis XIII** ; paire de colonnes en chêne sculpté, cannelées, ornées de figures, chapiteaux et vases au sommet.

215. — **Époque Louis XIII** ; autre paire pareille à la précédente, sans vases.

216. — **Époque Louis XVI** ; console forme demi-lune, pieds cannelés, ceinture ajourée, chêne sculpté doré.

217. — **XVIe siècle** ; monstrance bronze argenté et doré.

218. — **Époque Louis XIII** ; portique en chêne sculpté supporté par deux colonnes à chapiteaux corinthiens, l'entablement orné de têtes de chérubins et d'un cartouche surmonté de la couronne de France.

219. — **Époque Louis XVI**; canapé et six chaises, bois sculpté et mouluré, peint noir, garni, mais non recouvert.

220. — **Bronze**; paire de chenets, style renaissance.

221. — **Chêne sculpté**; très beau meuble à deux corps, style renaissance; les portes ornées d'arabesques et figures dans le goût de Ducerceau, la partie supérieure surmontée d'un beau fronton à portique dans lequel est une statuette de bronze représentant saint Jean.

Hauteur : 2m,90.

222. — **Époque Louis XIII**; glace avec cadre en bois sculpté doré, fronton orné de têtes de chérubins.

223. — **Chêne sculpté**; grande et belle crédence richement ornée de panneaux à portiques et têtes en relief; de panneaux à entrelacs et rinceaux dans le goût de Ducerceau.

Hauteur : 2 mètres; largeur : 1m,70.

224. — **Chêne sculpté**; autre très belle crédence analogue à la précédente.

Hauteur : 2 mètres; largeur : 1m,65.

225. — **Époque Louis XIII**; piètement formant banquette, noyer tourné.

226. — **Époque Louis XVI**; mobilier de salon en bois sculpté doré, noir et or, recouvert en satin broché rouge, composé de canapé, six fauteuils.

227. — **Époque Louis XIII**; quatre chaises en bois tourné ornées de tapisseries au point, armoiries de diverses familles de France.

228. — **Époque Ier empire**; beau lustre à 10 lumières, en bronze doré orné de cristaux.

Hauteur : 1m,25.

229 à 234. — **Sept corps de bibliothèque**; en chêne à moulures, style Louis XIII.

Trois mesurent, hauteur : 3 mètres; largeur : 2m,33.
Deux — hauteur : 3 mètres; largeur : 0m,85.
Deux — hauteur : 3 mètres; largeur : 1m,00.

235. — **Portière** en tapisserie ancienne d'Aubusson, verdure avec trois bordures.

236. — **Autre portière** verdure, de même fabrique et époque.

237. — **Neuf mètres de bordures** de tapisserie ancienne d'Aubusson.

238. — **Grand tapis** d'appartement, fond vert, dessin noir, chatironné jaune.

Longueur : 7m,50; largeur : 6 mètres.

239. — **Époque Louis XIV**; crucifix, cadre en bois sculpté et christ en ivoire.

239 *bis*. — **Époque Louis XV**; ivoire.

240 et 241. — Les objets omis.

LIVRES

242. — **Euclidis elementorum,** etc. ; figures sur bois, *Lutetia apud Gulielmum Cavellat,* etc. 1588; vélin armorié.

243. — **Nicetas feu triumphata**; *auctore Hierimia Drexillio; Colonia Agripynæ,* 1621; figures sur cuivre, vélin.

244. — **Phædri Aug. Liberti fabulæ Æsopiæ,** *in usum Seren Principis Nassauii, Amsterdami apud Franciscum Halmam,* 1701 ; figures sur cuivre, de H. Franen, et portrait, vélin armorié.

245. — **Caji Plinii Cæcilii secundi panegyricus, etc**; *adnotationes adjecit accedit, Joannis Masson; Amsteldami apud Janssonio Væsbergios,* 1738; vélin armorié.

246. — **Seconde centurie du Seigneur, Gabriel Rollenaghue**; cent figures et portraits gravés, — mauvais état; veau fauve avec figure emblématique de la Charité s. l., 1613.

247. — **Joannis Meursi** *Athenæ Batavæ sive de urbe Lesdensiis et academia Virisque claris qui utramque ingenio suo atque scriptis illustrarunt — Libri Duo — Lugdini Batavorum apud Andream Elouquin et Elsevirios* 1725*;* nombreuses figures et portraits; maroquin rouge, dentelle et armoirie.

248. — **Acta Eruditorum anno** 1682, *publicata a serenissimo fratrum patri Dn. Johanni Georgio IV, etc., etc., Lipsiæ, prostant apud Grossium et J. f. Gletitschium typis Christophoro Guntheri anno* 1682, — *nomb. fig. grav.* Vél vert armorié.

249. — **Bibliotheca italiana** *osta notizia de librari nella Lingua italiana, etc., in Venezia — presso Angiolo Geromia* 1728. Veau marbré, armes du comte de Cobentzel.

250. — **Théâtre italien de Gherardi**; 4 vol. in-8 ornés de figures. Paris — Pierre Witte 1727, maroq. rouge fil. tranche dorée — armes.

251. — **Office de la Semaine Sainte**, dédiée à la Reine — Paris, J.-B. Garnier 1752, mar. rouge Dent — Armes de Marie Lecksinska.

252. — **Mémoires de Gui Joh**, conseiller au Châtelet — tome II — mar. rouge, filets; armes des Montmorency.

253. — **Ordonnances de Louis XIV**; à Grenoble. And. Giroud 1761 — mar. rouge armorié.

254. — **Notice** *géographique et historique des États du roi de Sardaigne — Turin,* 1787 mar. rouge, armes de Savoie.

255. — **Office de la Semaine Sainte**; à Paris, Grégoire Dupuis 1776, mar. rouge; armes d'Orléans et de Condé.

256. — **Traité élémentaire de morale**, tome II, Besançon chez Charmet 1767; mar. rouge; armes de Duras.

257. — **XIV panegyrici veteres** — tome II — *Parisiis*, 1655 — Mar. rouge, armes Letellier de Courtanvaux.

258. — **Révolution des empires**, etc., par Renaudot. — Paris, Saillant, 1769; mar. rouge, armes de France

259. — **Pomponii Melæ de Situ orb.** *liber*. III ; *Lugduni Batavorum Samuelen Luchtmans et fils*, 1748; veau marb., armes.

260. — **Office de la Semaine Sainte** ; Paris, J. B. Garnier, 1756 ; mar. rouge, filets ; armes d'Orléans.

261. — **Petit almanach** pour 1775 ; mar. rouge, dent. armes de France, incomplet.

262. — **Supremæ Curiæ Brabantiæ**, par Goswino, comite de Wynants; *Bruxellis apud Aetrum Foppens*, 1744 ; portrait ; veau armorié.

263. — **Ex. P. Ovidii Nasonis Metamorpho** ; Anvers, — Apud heredes Martinii Nutii, 1618 : veau, armoirie.

263 *bis*. — **Andrea Tiraquelli de Nobilitati** ; *Parisiis*, 1549 ; 1 vol. veau, mêmes armes.

264. — **Francisci Polleti Duacensis**, *Historia fori Romani*. — *Francfurti sumptibus Joannis Georgii Schiele*, 1676 ; veau, armoiries et chiffres.

265. — **Prophetia Ezechielis**, *commentario illustrata a Johanne Coccio Amstel odami ex officina Johannis Someren*, 1669 ; veau armorié.

266. — **Office de la Semaine Sainte** ; Paris, libraires associés, 1700 ; mar. rouge, filets fleurs de lis, armes de France.

267. — **Relation des fêtes** données par la Ville de Paris pour la naissance du duc de Bordeaux avec figures; veau rouge, armes de Paris.

268. — **Semaine Sainte**; Paris, Petit, 1680; mar. sous chiffre du roi couronné, office de l'église, même reliure et chiffre.

269. — **Le Deutéronome**, traduit par le Maistre de Sacy, Bruxelles, Eug. Henry Friz, 1700; 20 vol. veau armoriés.

270. — **Les Provinciales**; 4 vol., veau, armes de Cobentzel.

271. — **Loci Argumentorum** *legales auctore Nicolao Everhardo. — Francforti ex officina Nicolai Bassai*, 1591.

272. — **Recueil d'architecture**, par Ixnard, Strasbourg, Heuttel; mar. rouge, dent.

273. — **Officium in festo** *omnium sanctorum ad instar Breviarii Romani sub Urbano, P. P. VIII, Antverpiæ ex typographia Plantiniana*, 1709; mar. rouge, dent.; armoiries royales d'Espagne.

274. — **Remarques critiques** sur les œuvres d'Horace, tome III, Paris, Denys Thierry, 1683; mar. rouge, filets, armes du Dauphin.

275. — **Mémoires de Gui Joly**; Amsterdam, Jean Fred. Bernan, 1738, veau, armes de du Tillet.

276. — **Œuvres de M. Thomas**; 4 volumes, Amsterdam, chez E. Van Harrevelt, 1774, veau, armes de Millet de Montarbi.

277. — **Theophili antecessoris** *institutionum libri quatuor*, 2 volumes, veau, armes de Cobentzel.

278. — **Voyage d'Italie, Dalmatie**, etc., par Jacob Spon, 2 volumes, La Haye Rutgert Alberts, 1724, veau, armorié.

279. — **Lettres d'un Français**; la Haye, 1745, 2 volumes, veau, armorié.

280. — **De la manière d'enseigner les belles-lettres**; mar. rouge, armes de Mirabeau.

281. — **Histoire critique** *de l'établissement de la Monarchie française*, par l'abbé Dubos, 3 volumes, Amsterdam, J. Wetslen et Smith, 1735, veau, armorié.

282. — **Epistolarum obscurorum virorum**, etc., volume II, *Londini Hen Clements*, 1710, armes de Berri.

283. — **Le Spectateur** *ou Socrate moderne*, 9 volumes, veau.

284. — **Flavii Josephi patria Hierosoly**, *Basileae apud jo Frobenium anno* 1524, 1 volume, veau, armorié.

285. — **Publii Ovidii Nasonis tristium**, Paris, J. Barbou, mar. rouge, armes de France.

286. — **Io Antonii Magini Patavini**, etc., *Venetiis, apud Robertum Merettum*, 1592, veau, armorié.

287. — **Io baptistae Benedicti**; 1 volume, *Augustae taurinorum apud hœredes Nicolai Bemlagne* 1574, veau, armorié.

288. — **Disputatio perjucunda** *qua anonymus probare nititur mulieres homines non esse*, etc., *Hagae comitis execudebat Burchornius*, 1644, mar. rouge armorié.

289. — **Apollodori atheniensis bibliotheces, etc., etc.**; *Roma in ædibus Antoni Bladi pontif. max. excursoris de campo floræ* 1555; 1 vol., veau armorié.

290. — **Analyse de la philosophie du chancelier Bacon**; Amsterdam, Artskee et Merkus, 1755. 3 vol., veau armorié.

291. — **Vie de Philippe d'Orléans**, Londres, aux dépens de la Compagnie, 1737; 2 vol., veau armorié.

292. — **Entretiens** *sur les vies et ouvrages des plus excellents peintres;* 4e partie, Paris, Cramoisy, 1685; mar. rouge, armes de Letellier.

293. — **Médailles du règne de Louis le Grand**; veau, armes de France.

294. — **Psalmi sev precationes D. Joannis, etc.**; *Parisiis apud Ambrosium Girault,* 1543; reliure veau dite de Henri III, semés de têtes de mort et du calvaire.

295. — **Abrégé de l'histoire romaine,** etc., abbé Lizeau. Paris, Barbou, 1717, 1 vol., mar. rouge; armes du maréchal de Richelieu.

296. — **Pauli apostoli epistolæ,** texte grec et latin, sans lieu ni date; in-16.

297. — **Phædri Augusti liberti fabularum,** 1 vol. *Leidæ apud Samuelen Luchtmans,* 1727, veau armorié.

298. — **Augustissimo Galliarum** *senatui panegyricus dictus in regio Ludovici magni collegio. Parisiis, Gabrielis Martini,* 1685; 1 vol. veau timbré aux angles de deux épées.

299. — **Ovidii fastorum**, *Libri VI*, édition rare, le titre coupé (incunable?), veau armorié.

300. — **Dialoghi** *di D. Antonio Agostini Arcivescovo di Tarragona, sopra le medaglia inscrizzioni et altre antichita*, etc., etc., *Roma*, 1731, 1 vol., nombreuses figures, veau avec chiffre.

301. — **Justi Lipsi**, *de vesta et vestalibus syntagma*, 1 vol. nombreuses figures. *Antverpiæ ex officina Plantiniana, apud Joannen Moretum*, 1709.

302. — **Catalogus librorum** *bibliothecæ D. Nicolai Bachelier. Paris Antonii Urbani Coustelier*, 1725. 1 vol. veau armorié.

303. — **Joannis Stobaci sententiæ**; *Lugduni sumptibus Pauli Frelon*, 1609; 1 vol., veau armes de Louis XIII.

304. — **Valerii Maximi** *Libri novem, etc., etc. Leidæ apud Samuelen Luchtmans*, 1726. 1 vol. veau armorié.

305. — **Io Bapt. Pignac**; *de principibus atestinis historiarum. Libri VIII, Ferrariæ*, 1585. 1 vol. mar. rouge, armorié.

306. — **Joannis Boccacii Certaldi de casibus**; *illustrum virorum*. Marque de Jehan Petit.

307. — **Testament politique** *d'Armand Duplessis, cardinal duc de Richelieu;* Amsterdam, Henri Desbordes, 1688.

308. — **Volume**, texte anglais et indien, acte établissant certaines régularisations pour le meilleur maniement des affaires de la Compagnie des Indes orientales. 1 vol. veau, armes de Georges III d'Angleterre.

309. — **Auli Flaciper**; *De satyriciis et eorum indice*, etc., etc. V. armoiries, datée 1759.

310. — **Office de la Semaine Sainte**; Paris, Jacques Collombat, 1732, 1 vol., mar. rouge; armes de France.

311. — **Raph. Fabretti Gasparis f.**, *Urbinatis de aquis et aquaeductibus veteris Romae, Romæ typis Baptistae Bussotti*, 1680. 1 vol. V. armes de Caumartin.

312. — **Polybii Diodori** *Siculi Nicolai Damasceni*, etc. etc., texte grec et latin, Parisiis, 1734, Mathurini Du Puis, 1 vol. V. armorié, réparé.

313. — **Vie de Jésus-Christ** tirée des œuvres de Bossuet, lithog. d'après A. Durer, Raphaël Holbein, etc. ; Paris 1840, Challamel, 1 vol., mar. rouge, Masson.

314. — **Arrêts notables** *du Parlement de Dijon*, par François Perrier, 1738, 2 vol. V. armoiries.

310. — **Histoire de Thucydide** *de la guerre du Péloponèse*; 1 vol. in-folio ; Paris, Aug. Courbé, 1662, V. armoiries du cardinal Mazarin.

316. — **De la manière de graver** par A. Bosse. 1 vol. Paris, chez A. Jombert, 1758. V. armorié.

317. — **Stabat**; manuscrit dédié à Sa Majesté Napoléon le Grand, par F. Beck, 1806, mar. vert. Dentel.

318. — **Cantates françoises** *ou Musique de chambre à voix seule*. Privel,. 1703. 1 vol. V. armoiries des Condé, gravé.

319. — **La Science des ingénieurs** *dans la conduite des travaux de fortification*, par Belidor, 1 vol. Paris, A. Jombert, 1739, rel. V., armes des Petit.

320. — **Musique**, *airs pour la flûte*; album oblong, manuscrit de romances. Mar. La Vallière, chiffres et lyres sur les plats.

321. — **Le Chirurgien d'hôpital**, par Belloste. Paris, veuve d'Houry, 1734, 1 vol., mar. rouge. Double, armoirie.

322. — **Les Heures du chrestien**, par Magnon, Paris, Sébastien Martin, 1 vol., mar. rouge, chiffre.

323. — **Les États**, *empires et principautés du monde*, par le Sr D. T. V. Y; à Saint-Omer, Charles Boscar, 1611, 2 vol.; veau avec armoiries différentes.

324. — **Illustrium, imagines** *ex antiqüis marmoribus, nomismatibus et gemmis Antverpiae ex officina Plantiniana*, 1606; vélin.

325. — **Introduction chronologique** *à l'Histoire de France;* Paris, chez L. Bellaine; 1 vol. veau, armes de L.-A. de Bourbon, comte de Toulouse.

326. — **Ordonnance** *de Louis XIV en 1681 touchant la marine;* 1 vol. vélin, Paris, Denys Thierry, 1681.

327. — **La Typographie**, poème par M. L. Pelletier, Genève et Paris, Cherbuliez, 1831; exemplaire sur papier bleu, avec notes intercalées.

328. — **Discours** *sur les monuments publics de tous les âges*, par l'abbé de Lubersac, Paris, imp. royale, 1775; frontispice et planche hors texte, veau; armes de France.

329. — **Office de la Semaine Sainte**; Paris, libraires associés, 1671; 1 vol. mar. rouge, chiffre et armes de Marie-Thérèse; dérelié.

330. — **La Vraie philosophie**, par le R. P. Elie Harel; Strasbourg et à Paris, Guillot, 1783. 1 vol. mar. rouge, armorié.

331. — **Juliani imp. opera.** *Parisiis*, *S. Cramoisy*. 1630. 1 vol. mar. rouge, armorié.

332. — **Marine militaire**, *ou Recueil des différents vaisseaux, etc., etc.*, par Ozanne. Paris, chez Chereau, nombreuses planches gravées; mar. rouge, filets.

333. — **Histoire du Christianisme d'Éthiopie**, par Lacroze, à la Haie, V^e^. Le Vier, 1731; 1 vol. veau, armorié.

334. — **Aromatum et simplicium** *aliquot medicamentorum, etc., etc., a Carolo Clusio, Antverpiæ ex off. Plantiniana*, 1593. 1 vol, armoiries peintes.

335. — **Les Caractères de Théophraste**, par M. de La Bruyère; Amsterdam, Changuion, 1741. 2 vol. V. armoriés.

336. — **Poésies pastorales**, par Fontenelle; Amsterdam, Étienne Roger, 1716. 1 vol. veau, chiffre.

337. — **Tableaux des anciens Grecs et Romains**; Paris, Ch.-P. Remy, 1785. 2 vol. in-4°, brochés, non rognés, nombreuses figures en manière noire.

338. — **Méthode du Blason**, par Ménestrier, Lyon, Pierre Bruyset Ponthus, 1770.

339. — **Les Bourbons** *ou Pièces historiques*, par Montjoye; 1 vol. broché; 20 portraits; Paris, Ve Lepetit, 1815.

340. — **Portraits des hommes et des femmes illustres** gravés par divers; 74 portraits, 1 vol. cartonné.

341. — **Du grand art d'artillerie**: frontispice allemand, 1 vol., veau; mauvais état.

342. — **Cosmographie universelle**; nombreuses grav. sur bois, liv. 3 pages 925 à 1337 déchiré.

343. — **Histoire du comté de Ponthieu**; A Abbeville, chez Venté, 1767; 2 vol. veau.

344. — **Artillerie**, *ou Vraye instruction de l'artillerie et de ses appartenances*, par Diégo Ufano; à Rouen, chez Jean Berhelin, 1628; vol. vélin.

345. — **Histoire de Gil Blas de Santillane**, par Lesage; Lille, chez C.-J. Lehove, 1793; 3 vol. vélin.

346. — **Mémoires de Mme la marquise de Frêne**, avec figures, Amsterdam, J. Malberbe, 1701.

347. — **Histoire critique** *de la République des Lettres*; Utrecht, 1712; 7 vol. au lieu de 8, rel. veau au chiffre de Fouquet.

348. — **Le Jeu des eschets**, *de Giocamo Greco*, Paris, Ch.-J. Lefevre, 1689, 1 volume, veau.

349. — **Pratique curieuse** *ou les Oracles des sibylles*, etc., par M. Commiers; Paris et Brusselles, Georges de Backar, 1700, 1 vol., veau, armorié.

350. — **Armorial** *des principales maisons du royaume*, etc., par Dubuisson, Paris, 1757, 1 volume, veau.

351. — **Dictionnaire des graveurs**, par Basan, Paris, 1767, 2 volumes, veau.

352. — Sous ce numéro, quantité de volumes anciens, reliés en veau. Encyclopédie petit format et les objets omis.

Paris. — Lib.-Imp. réunies, 7, rue Saint-Benoît.

www.ingramcontent.com/pod-product-compliance
Ingram Content Group UK Ltd.
Pitfield, Milton Keynes, MK11 3LW, UK
UKHW021532260726
13993UKWH00004B/1941

9 782329 461885